Ria Klempau
& Martina Fischer

49
Weibsbilder

novum pro

www.novumverlag.com

Bibliografische Information
der Deutschen Nationalbibliothek:

Die Deutsche Nationalbibliothek
verzeichnet diese Publikation in
der Deutschen Nationalbibliografie.
Detaillierte bibliografische Daten
sind im Internet über
http://www.d-nb.de abrufbar.

Alle Rechte der Verbreitung,
auch durch Film, Funk und Fernsehen,
fotomechanische Wiedergabe,
Tonträger, elektronische Datenträger
und auszugsweisen Nachdruck,
sind vorbehalten.

© 2018 novum Verlag

ISBN 978-3-95840-130-3
Lektorat: Lucy Hase
Umschlagfoto: Martina Fischer
Umschlaggestaltung, Layout & Satz:
novum Verlag
Innenabbildungen:
Seite 8, 34, 78: © Ria Klempau,
Restliche Abbildungen:
© Martina Fischer

Gedruckt in der Europäischen Union
auf umweltfreundlichem, chlor- und
säurefrei gebleichtem Papier.

www.novumverlag.com

In Erinnerung an meine Mutter
Reinhild Klempau

Die Freigeistige

Freigeist –
duldet keine Fesseln,
Freigeist –
folgt nur seinem Willen,
Freigeist –
ordnet sich nicht unter,
Freigeist –
gehorcht keinem Befehl.

Freigeist, magst fliegen,
gefestigt in Deinem Tun,
verharrend in Deinem Leben.

Freigeist, hast Du Größe?

Größe hat viele Gesichter.
Größe kennt auch die Demut.
Größe erschafft in sich selbst die Freude,
einem anderen Menschen
Freude zu bereiten,
sieht Mitgefühl für den,
der in seinen eigenen Grenzen
gefangen, machtlos, einfallslos.
Größe bringt sich auch gegen eigene Interessen dar,
um dem Leben zu dienen
und dort zu helfen, wo anderer
Mensch Interesse liegt.

Überrascht, dass Freude kehrt ein,
wenn Freigeist frei wird?
Freigeist gereicht zum Segen,
auf vielerlei Wegen.

Die Starke

Ich bin nie gleich
und doch
immer ich selbst.
Meine Schwäche
ist meine Stärke.

Die Weggefährtin

Als Du Dein Leben nicht mehr ertragen wolltest,
spielte ich den Clown für Dich,
es fiel mir leicht, denn ich trage den Clown in mir.

Als Du Verzweiflung und Traurigkeit nur sehen mochtest,
umsorgte ich Dich,
es fiel mir leicht, denn ich trage die Fürsorge in mir.

Als Du kein Licht auf Deinem Pfad
mehr erkennen konntest,
erhellte ich mit Lachen Deine Seele,
es fiel mir leicht, denn ich trage die Freude in mir.

Als Du keine Energie mehr in Dir spürtest,
trieb ich Dich mit Engelszungen an,
es fiel mir leicht, denn ich trage unendliche Kraft in mir.

Als Du wieder Dich zu lieben lerntest,
ging ich ruhig meiner Wege,
es fiel mir leicht,
denn ich trage das Wissen in mir,
das ein Loslassen verstanden sein will
und ich nur Dein Weggefährte war für kurze Zeit.

Die Lebendigkeit

Als Venus Mars entführte,
die Sonne den Mond berührte,
Saturn die Erde umschlich,
die Nacht dem Tage wich,
Atlantis einer Perle entschlüpfte,
eine Elfe um die Ostsee hüpfte,
der Himmel girrend lachte,
mein Herz sich selbstständig machte,
das Universum die Sterne küsste,
meine Seele endlos das Sein begrüßte,
wurde Grenzenlos geboren
und Lebendigkeit erkoren.

Die Entscheidung

Jung sterben kann ich auch mit 130 noch;
erfahren, sehen, fühlen, will ich ewig doch.

Die Wirkliche

Alle Kraft gebraucht –
das wilde Tier im Zaum zu halten.
Wie lange Sieger sein
oder doch erlaubt
selbst zu vernichten –
mit unnachahmlicher Präzision.

Manchmal umgibt mich in
Wärme
so viel
Kälte,
dass ich friere.

Die Anpassung

Eigene Meinung –
nicht gefragt.

Eigene Worte oft
nicht gesagt,

komme leicht und kampflos
durch die Welt,

so wie es mir ausgesucht,
angepasst gefällt.

Die Liebe

Flieh' ruhig, wenn Du meinst, Du würdest entkommen,
der Versuch sogleich sei Dir unbenommen.
Verwische Deine Spuren, verändere Deinen Namen,
leg' Deine Gewohnheiten ab, gib' Dir einen anderen Rahmen,
doch bevor Du es probierst, schau' in mein Gesicht
und sei versichert: Ich finde Dich!
Blick' in meine Augen
und Du wirst es glauben.

Wo willst Du vor der Liebe auch Dich verstecken?
Die Welt ist viel zu klein,
als dass sie nicht Dich würde entdecken,
allgegenwärtig ist SIE allein!

Die Liebe ist die größte Macht auf Erden,
nur in ihr kann der Mensch Mensch werden.

Flieh' ruhig vor der Liebe,
doch wohin Du Dich auch wendest,
Du trägst sie in Dir, Du nimmst sie mit, mit ihr Du endest.

Die Beschützende

Über Traumnacht haben sie mir ein Mädchen anvertraut;
kindlich griff es meine Hand und hat auf mich gebaut.
Die Sonne schien uns ins Gesicht,
wie die Zeit sich eilte spürte ich nicht.

Weicher, weißer Sand unter nackten Sohlen,
Wellenrauschen, salzige Luft, Natur zu uns befohlen.
Lachend, scherzend schritten wir voran,
nichts hielt uns auf und Dunkelheit begann.

Die Schwärze hatte uns erreicht mit Riesenschritten,
den Freiraum der Blicke zu eng für uns beschnitten –
das Kind dort an meiner warmen Hand,
war das Einzige, was mich noch mit Licht verband.

Es war so müde geworden vom Lauf in der Zeit
und ich dachte, ich trage es nun, egal, wie weit.
Der Körper wog auf meiner Schulter nicht sehr schwer,
also kräftig voran, den neuen Morgen aber ersehnte ich sehr.

Ich erinnere, das Dunkel wich und rannte vor mir davon;
ich brachte es heil zurück – sie erwarteten es schon.
Sie haben sich keinen Kummer gemacht,
sie wussten – das Kind war ja sicher bei mir, diese Nacht.

Die Skeptikerin

Selbst dann, wenn sie mir erklären dereinst,
meine Tage seien gezählt,
werde ich sie fragen, woher sie das denn wissen wollen,
denn Wahrheit, Weisheit haben sie nicht herangezogen,
sie gründen nur auf ihren eigenen Erfahrungen,
auf Erlerntem, auf Übernommenem,
ohne es in Zweifel zu ziehen.
Doch: Wie wollen sie mich beurteilen, denn –
mit mir hatten sie es noch nie zu tun.
Skepsis ist angesagt,
eins und eins macht zwei,
für einige mag das gelten,
zwei kann allerdings oft einsam sein
und einsam ist allein.

Die Unentschlossenheit

Nahezu jeden Tag sehe ich in Dein Gesicht,
ich wünschte, es spiegelte Freude, Liebe, Zuversicht,
doch so ist es leider diese Zeiten nicht.

Schicksalsschläge können vieles bewenden,
lassen Neues erblühen, Altes beenden,
Du allein hältst das in Dir, in Deinen Wänden.
Hast Du Dich zum Besseren geneigt
und Arroganz und Hochmut die Stirn gezeigt
oder doch nur eine Straße, die sich verzweigt?
Kein klarer Weg auf Deiner Lebensstrecke,
drückst Dein Menschwerden in die Ecke?
Ist dies dienlich Deinem Lebenssinn, Deinem Lebenszwecke?
Deine Entscheidung findet sich eben nur bei Dir,
bist nun einmal auf Lebenszeit mit Dir hier.

Schon gewagt, zu denken, es läge in Deinem Geiste klar,
das, was Du willst, ist schon schlussendlich wahr?
Aber nein, Du tastest Dich noch weiter ins Dunkel
und nicht ins Licht, mit all seinem Gefunkel.
Siehst allein das, was vor Deinem körperlichen Auge sichtbar,
und vergisst, dass das Innerste ist unverzichtbar.
Schade, und wieder keine Regung nach vorn,
und Ironie, nichts ist Dir ein Ansporn.
So viel einfacher zu bewegen sich in alten Bahnen,
ohne die weiteren Möglichkeiten zu erahnen.
Die Kraft, die aus sich selbst erschafft heraus,
die auch Du beherbergst in Deinem Haus,
die Du selbst bist, Du beherrschst allein –
seltsam, Du willst nicht in diesen Tag hinein?

Die Überlegene

Was wir nicht in uns tragen,
können wir nicht nach außen bringen.
Was wir nicht empfangen wollen,
können wir nicht geschenkt bekommen.

Die Auswirkungen

An nichts und alles gedacht –
den Tag eben zu dem meinen gemacht.
Anfang und Ende sind sich gleich,
versunken, vergessen, gefunden – neues Reich.
Gesehen als Teil eines Ganzen dann
und erfahren, dass es eins werden kann.

Nicht am Meer gelegen diese Sonne
und doch gehört sein Rauschen, voll Wonne.
Die Augen zu und gewusst, wo ich bin,
Land gefühlt, Lachen zu mir hin.
Egal, was ich gerade noch so getan,
der Zauber der Welt spricht immer an.

Nirgendwo muss das Dunkel willkommen sein,
es ist nur real, wenn wir es uns glaubend laden ein.
Zutage in das materielle Licht tritt,
was der Mensch im Geiste denkt, Schritt um Schritt.

Die Freundin

Du möchtest mir etwas Gutes tun,
Du empfindest Freude für so viele Dinge, so vieles Sein,
und willst es mir aufdrängen,
indem ich Deine Erfahrungen erlebe.
Verzeih', ich weiß, Du meinst es gut –
nur: Ich bin keine Vorstellung in Deinem Kopf
und Du nicht in meinem.
Toleranz – anders zu sein –, andere zuzulassen,
so wie sie sind.
Ich will sie und Dich nicht ändern,
denn ändern kannst Du Dich nur selbst, so wie ich mich.
Verstehe: Deine Leidenschaften sind nicht meine.
Ich liebe andere Gedanken,
Dinge, Orte, so vieles Fühlen und Tun.
Welten, in meinen Sinnen, in mir;
Orte in Dir, um Dich, Deine – nicht mein Weg.
Schaue: Wind streichelt mein Gesicht;
gesehen, gerochen, gefühlt.
Ist Dir Dein Heute schon begegnet?
Der zarte Hauch, Düfte tragend, war es nicht –
er strich soeben nur über mein Gesicht.
Anderes wird es für Dich gewesen sein –
stellte sich ein Lächeln ein?
Menschen, Gedanke, ein Wort –
was trieb heute dunkle Wolken von Dir fort?
Der Regen fiel auf mich hernieder;
glücklich, dass es war, so kam das Heute für mich wieder.
Traurig, dass Du nicht erlebst, was gerade ich, bin ich nicht;
erzählen kann ich Dir davon und hören,
was Dir gewesen in Deinen Sätzen –
weiß sehr, wie Du bist, zu schätzen.

Der Wunsch

Dankbarkeit stellte sich bei mir ein
und Fantasie kam wieder in mein Sein.
Ideenschmiede wirbelte die Blüten auf
und Worte nahmen ihren Lauf.
Und so schenkte ich Dir
einen Wunsch von mir.
Ob das in meiner Macht steht,
wer weiß, was geht.
Im Traum tratest Du an mich heran.
Deine Aussage schlug mich in Deinen Bann.
Ob das nun die Angst genau vor dieser Bitte war,
die im Schlaf sich stellte vor mir dar?
Der eigene Wunsch, nein, die eigene Angst im Traum –
ein Wunsch von Dir an mich stand nicht mit im Raum.

Die Zweifelnde

Gesucht nach mir
heute
und zu meinem Bedauern
habe ich
mich nicht gefunden.
Ich vermisse mich.

Die Unsterblichkeit

Als meine Seele kurz über Nacht ihr Haus verließ,
wusste ich, ich bin unsterblich.

Dreigestirn

Geist – Seele – Körper.

Ich bin –
ist mein Zuhause.

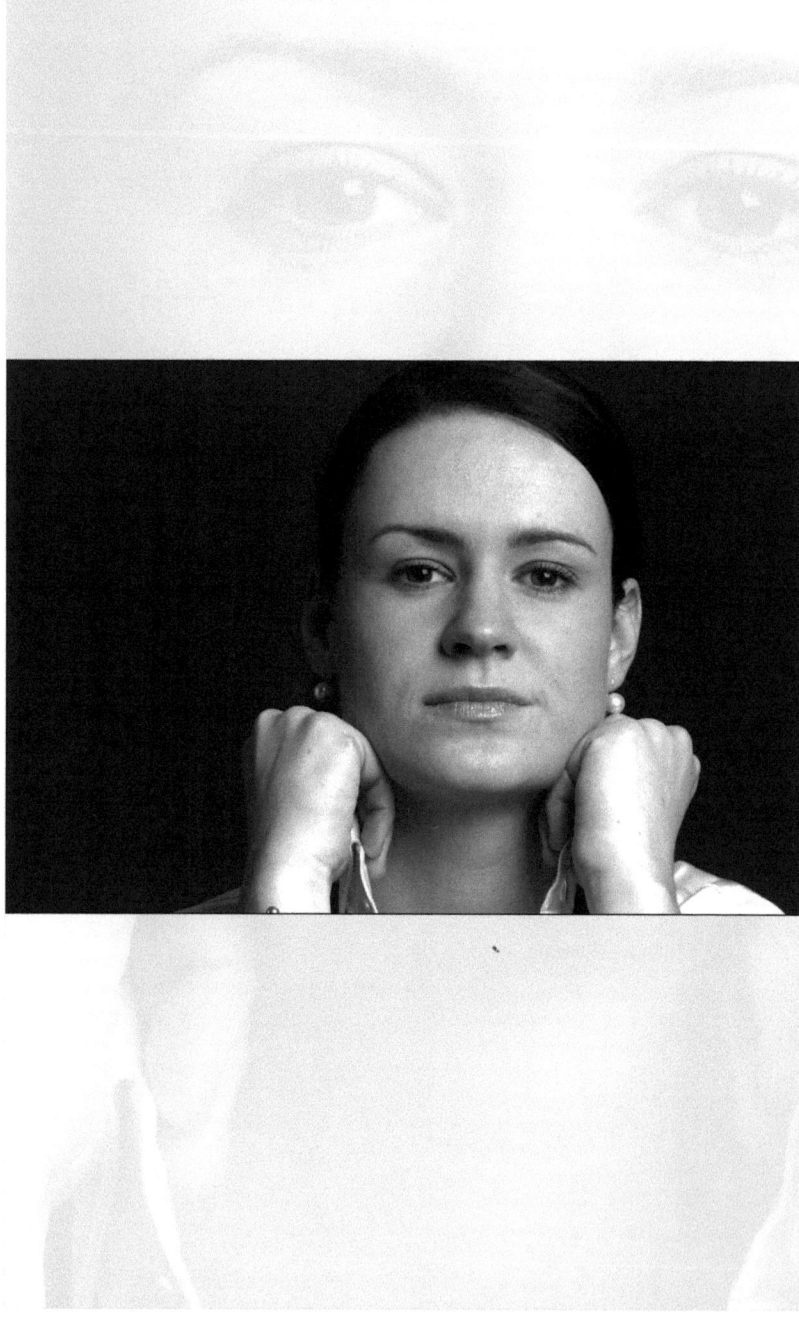

Die Selbstbewusste

Ich will keinen anderen Menschen
nach meinen Maßstäben beurteilen
und ich möchte auch nicht,
dass ein Mensch mich nach den seinen bemisst.

Die Weise

Spott und Hohn sind mir gleich –
lebe längst in friedvollem Reich.

Die Leichtigkeit

Wendepunkt
verpasst
keine Gelegenheit
für
Sprünge
über
die Zeit.

Die Aufgewachte

Erzähl mir von der Liebe –
doch ich schwieg.
Worte sind wie Diebe,
fallen durch, sind Krieg.
Warum willst Du nur hören,
wo doch tausend Gesten sind,
musst hier nicht zerstören,
Mauern bauendes wildes Kind.

Die Braut

Deine Frau zu werden
erscheint mir der Himmel auf Erden
und ich frage Dich,
was weißt Du von meinem Ich?
Augen tragen Welten dort –
Seele lacht, Geist schreibt sich fort,
wachse, fühle, lebe neben Dir –
komm, wage den Tanz mit mir gerade hier.

Die Zufriedene

Sehnsucht
treibt mich an,
stehe fest in meines
Lebens Bann,
vermag zu blicken, was wird sein –
Frieden trägt sich in meine Seele ein.

Die Überschäumende

Leben
um mich
Leben
in mir
jeden Tag – wild, kraftvoll –
ich bin, so wie ich
mich mag
gerade hier
für mich
für Dich
endlos Ich.

Die Wartende

Versprochen –
nicht getroffen, hier.

Wo warst Du?
Wieder nicht bei mir.

Für jeden Mann gibt es eine Frau,
die ihn liebt von Herzen.

Für Frauen bedingt verlassen werden,
oft nur Schmerzen.

Männer verkraften das
leichter für sich,
finden andere Frau,
anderes Ich.

Hänge hier rum und warte auf Dich,
warum um alles in der Welt eigentlich?

Habe gerade mich entschieden,
Schmerzen werden heute gemieden,
und jetzt aufstehe
und einfach gehe.

Werde nun meine neuen Schuhe zum Tanzen tragen
und mit neuem Mann neues Vergnügen wagen.

Die Dringlichkeit

Manche Menschen halten
an Dingen fest,
nur nicht an sich selbst.

Einmal von den Dingen abgewandt,
was verbirgt sich so in Eurem Land?

Die Malerische

Folgt das Auge den weißen Feldern, so findet
es scheinbar keinen Anfang und kein Ende;
ineinanderfließend tauchen Figuren auf,
um sich sogleich einer Definition zu entziehen.
Ist es ein Engel, der sich für Sekunden zeigt,
oder ein Kind, das auf einer Harfe spielt?
Täuscht ein Gesicht unter vielen oder narren
Muscheln, Schnecken, Wellen, Tiere?
Weiß berührt sich ohne Scheu, verschlingt sich
sanft und verwehrt einem Irrgarten gleich
dem Betrachter die Lösung.
Blau entscheidet sich für ungeniert und
zeigt offen Blumen, Feuerfische, Kraken, Drachen
und allerlei sonstiges Getier.
Eine Frauenhand taucht auf und legt den ganzen Körper dar.
Karnevalsmasken betreten das Rund;
ein Gockel kämpft um Aufmerksamkeit und
buhlt mit Embryonen.
Die Fluke eines Wals paart sich mit dem Herzen;
der Elefant spielt Ball und ein Kind tut es ihm gleich.
Knospen brechen auf, verblühen im Rausch des Himmelsblau.
Nautilus tritt ein und verschwimmt
im Blick eines Tiefseegeschöpfes.
Eiszapfen regnen aus Buchstaben, die ein Geheimnis
und doch kein Fragezeichen sind.
Ein Surfer durchschneidet das Wasser in einem Kugelblitz.
Der Baumstumpf wehrt die Elfe ab;
Berührungen sind ausgeschlossen.
Und, was hast Du geträumt die heutige Nacht?
Meiner Fantasie verleihst Du Flügel.

Die Fantasievolle

Wenn ich die Augen schließe,
dann sehe ich sie wieder – meine Unterwasserwelt:

Nautilus bestimmt das Rund,
Neptun eröffnet das Tribunal.
Meerjungfrauen schlingen ihre Arme um sich
und fangen Barken ein.
Die Kontur eines Delfins taucht auf
und schreckt Haie ab.
Korallenriffe, Farbenspiel, Vielfalt.
Unbekümmert stellt sich der Doktorfisch,
Wale bringen Junge ins Leben des Meeres.
Muscheln, Schnecken, Seebarben, allerlei Getier.
Seetankwälder, spielerisch Getümmel,
Unterwasserburgen, Muränen begrüßen ihre Behausung.
Geplantes Durcheinander, Ordnung, wo scheinbar keine ist.
Ein Rochen bewegt das Kreisen und bringt Eleganz dar.

Niemandsland im Irgendwo.

Sie sind selten, die Seegurken,
Nahrungskette, störte sich.
Riesiger alter Walhai – so friedlich im Blau.
Hört Mensch die Wale wieder, wie sie singen.
Kraken, abgetaucht in die Tiefe.

Der See unter Wasser,
Muscheln, die den Strand bilden.

Die Zärtlichkeit

Wohlig gerekelt auf einem weichen warmen Lager,
langer Rücken, Wirbelsäule zu sehen und doch nicht mager.
Frauenformen nicht in weiblicher voller Üppigkeit,
sondern mädchenhaft gazellenschlank – ausgesetzt der Zeit.

Finger folgen der Linie, die der Körper zeigt,
Nacken, der sich unter der Berührung neigt.
Leises Lachen klingt im Raume dort,
verlässt ihn und schreibt sich fort.

Streicheln ist angesagt nur für diese Augenblicke,
die die Gestalt und die Seele schier entzücke.
Vergessen fast, was es denn eigentlich heißt,
wenn Zärtlichkeit zauberhaft die Monotonie zerreißt.

Verbindung von Haut zu Haut und in Seelennähe,
herrlich, wie ich in einem einzigen Gefühl vergehe!

Die Schönheit

Im Auge des
Gegenüber,

des Menschen hinter
der Kamera,

Bewunderung gesehen,
weil mehr als
das Offensichtliche
wahrgenommen in mir,
und mich bannte,
als das Licht meiner Seele
sich in meinen Augen zeigte.

Schönheit – festgehalten, in nur einem Augenblick.

Das Eigenleben

Der wilde Strom ficht mich nicht an,
das leise glucksende Flüsschen schlägt in seinen Bann;
stetes, sanftes, munteres Treiben,
hier bin ich Ich, hier will ich bleiben.

Schrille, laute, hektische Welt,
einem jeden Menschen so, wie ihm gefällt.
Muss mich nicht passen der Schnelle an,
muss nicht hetzen nach Macht, streben nach Wahn,
mag getrost wie ich bin werden –
bleibe auf Ewigkeit in Erden.

Der Wille

Ich will nicht, ich kann nicht,
das gelingt mir nicht,
im Spiegel der Welt
entdeckt der Mensch
sein eigenes Gesicht.

Die Schranken weit voraus überwunden
und mein Leben für mich gefunden.

Spielerisch diesen Sommer verbracht,
neue Ideen,
neue Erfahrung gemacht.

Entdecke immer wieder neues Feld
in dieser nie endenden Lichterwelt.

Die Andere

Sternenkrieger –
zerfleische mich,
ich bitte Dich.

Gedanke –
schreibt sich fort,
will wieder an diesen Ort.

Ewigkeit –
schlägt in seinem Bann,
zeitlos, wunschlos.

Krieger im Licht –
zeigst Du mir Dein Gesicht?
Möchte tanzen – nur für Dich.

Steinkreis –
schließt sich um mich,
in der Mitte sitze, stehe ich –
Ich bewegt sich,
ziehe Kreise in die rote Erde,
sehe wilde Feuerpferde,
versinke, wachse, werde,
fliege zu den Himmelsströmen jetzt,
ist es mein Atem, der so hetzt?

Die Lässige

Sommersprossen, Sommerzeichen,
Muttermal – vielerlei Benennung,
braucht für jeden Betrachter seine eigene
Erkennung.

Was Du nimmst wahr, ist eine Variante,
was ich denke, Gegenpart nicht erkannte.

Mache mir eben meine eigenen Sprüche,
achte nicht auf des anderen Flüche.
Dringt heute Ruhe herauf innerlich,
bewegt, ergründet, erwartet – mich.

Sommersprossen, Sommerzeichen,
Muttermal – vielerlei Benennung,
braucht für jeden Betrachter seine eigene
Erkennung.

Die Sinnige

Trauerweide – angezogen – Magie gewoben,
Schwäne im Wasser, Reiher – davongeflogen.
Libellen – Hubschrauber in klein,
friedlich, Stille trägt sich ein.
Sonne bringt Glitzern ins Nass,
fernes Kinderlachen – Leben macht Spaß.
Fischbewegung – Kräuseln im See,
Seele ruht sich aus – Nichts tut nicht weh.

Die Unerkannte

Eins, zwei, drei, vier –
komm, spiel mit mir!

Aufmerksam folge ich Deiner Bewegung,
erweckt tief eigene gezähmte Regung.
Liegt bei Dir, zu entdecken,
Schicht um Schicht zu erwecken.

Auch der Baum an meiner Seite,
mehr als Borke, Jahresringe, Weite.

Farbenspiel, Kaleidoskop in Lebensmitte,
unendlich Tiefe in der Augenbitte.

Fünf, sechs, sieben, acht –
komm, mir nachgemacht!

Die Neugierige

Bin gestern hier eingeschlafen,
ob sich Träume trafen?
Ich weiß es nicht, ganz schlicht.
Erinnerung stellt sich keine ein,
muss dann wohl so sein.

Mein Bauchgefühl hat so den leisen Verdacht,
als hätte ein Räumkommando sich aufgemacht
mit der Mission, dafür zu sorgen,
dass ich begrüße gedächtnislos den Morgen.
Kann ja auch wirklich lästig sein,
wenn Neugierde bei Frau sich mischt ein.
Das schreit geradezu danach, den Riegel vorzuschieben,
damit erreicht, was erreichen soll, und Zeit bleibt liegen.

Die Blickende

Und wieder fragt mein Ich,
was sehe ich?

Ist mehr in mir zu finden,
als ich selbst mag gründen?

Halte ich nur im Zaume, was mir befohlen,
oder habe ich mir Ansicht gestohlen?

Ja, es wird Zeit Grenzen zu überschreiten
und den Sprung für Träume zu bereiten,
diese zu heben in mein Leben,
denn ich bin – so wie ihr – eigenes Streben.

Vorbei der Wankelmut, das Zaudern, das Zagen,
werde mein Sein packen und Leben wagen.

Die Lächelnde

Du siehst mich lächelnd –

doch am liebsten
hätte ich geschrien!
Hätte so gerne
Porzellan zerschlagen,
wollte mit Wonne
zerstören
und nicht
„Welch' Liebreiz"
hören.

Alles perfekt, alles in Ordnung –

wo doch das Chaos in mir regiert.

Kind, Mädchen, Frau, Hexe, Wilde,

alles, alles vorhanden
in diesem Probanden!

Kannst Du mehr als nur das Lächeln seh'n?
Macht Mühe, weiter als nur zum Horizont zu geh'n.

Regenbogen – vorbeigezogen.

Die Weltkundige

Die Geisha verwindet sich im Licht der Drachenfeuer.

Drache –
will Dich nicht beherrschen,
liegt fern in mir,
erbitte Deine Hilfe hier.

Sieh' in mein offenes Gesicht –
es belügt Dich nicht.
Schau' in mein Herz hinein –
es sei auf Erden Dein.

Lehre mich –
zu singen,
Feueratem still.
Magst mich unterweisen –
ahne die Richtung nicht.

Warm durchfließt Dein Odem mich,
wünsche den Strom zu verstärken –
wild und ungestüm –,
zieht mich magisch zu Dir hin.

Die Lehrende

Im Takt meines Herzens
verrinnt die Illusion der Zeit,
im Auf und Ab der Schmerzen
vergeht und verändert sich Leid.

Gefangen im vorgegebenen Denken
fühlt meine Seele sich frei
Unendlichkeit an jene zu schenken,
die bewusst sind und dabei
zu wachsen, zu lieben, zu leben
und sich selbst die Freiheit zu geben
in ihrem Sein die Vielfalt der
Einzigartigkeit
zu erkennen,
sich im Verbund des
Messenden zu benennen –
mit Leichtigkeit ihr eigenes Wesen
zu sehen und mutig ihren Weg zu gehen.

Die Witzige

Als ich diesen Witz gemacht,
habe ich Dich angelacht,
kein Halten mehr, ließ los die Zügel,
Freiheit genommen, Freiheit gibt Flügel.

Egal, welche Maskerade vorher aufbedungen,
jetzt erkennst du mich, völlig ungezwungen,
hemmungslos ging das Gekicher in Gelächter über,
fremde Menschen blieben stehen, schauten herüber.
Sollen sie denken, was sie wollen,
komm, lass uns wie Kinder herumtollen,
wieder fünf, sechs, sieben, neun, zehn sein –
unbekümmert tritt bitte ein.

Steckt an, dieses lebensfrohe Lachen, muss so handeln,
kann Winter in Sommer mühelos leicht verwandeln,
dieses Glück, im Bilde fest eingebunden,
habe mich heute nicht mehr eingefunden
und warum denn eigentlich auch?
Habe auf ewig dieses Lachen im Bauch.

Die Charmante

Wildwuchs hinter mir –
Wildwuchs in Dir.

Trete ein in diese Weltenstille,
verlasse des Verstandes Wille,
bin im Nichts, im Alles,
bin bei Dir.
Positiv löscht Negativ, Energieraum,
bin in mir.
Komme charmant daher,
gefalle mir doch sehr.

Was im Äußeren zu sehen,
kann im Inneren bestehen.

Das Schweigen

Außerordentliche Menschen ziehen besondere Seelen an –
Du kannst sie daran erkennen,
dass man mit ihnen auch schweigen kann.
Die Menschen, die Dich gelten lassen, wie Du bist,
mit denen zu reden, zu lachen Bereicherung ist.

Hast Du Dich schon einmal zur Gänze verloren?
Ist Dein Herz irgendwann an zu viel Kälte fast erfroren?

Dann stelle Dich getrost in ungewöhnlicher Menschen Licht;
sie enttäuschen und verletzen Dich nicht –
für keinen Preis der Welt und aus keiner Sicht.
Niemals wirst Du zur Anpassung verteufelt werden:

Sie sind die sanften Sterne hier auf Erden.

Die Aufgelegte

Die Pferde in mir freigelassen,
will keinen Weg mehr verpassen.

Stürme durch die Jahreszeiten mit offenem Gesicht,
verschlafe die Gelegenheit zum Leben nicht.

Dasein bringt zum Glühen mich,
hallo, willkommen Du, mein Ich.

Freue mich unendlich, dass ich auf die Reise gehe,
Fremde, Unbekannte, Neues sehe.

Gestern eine alte Frau getroffen in einer Häuserschlucht,
erzählte mir Geschichten von ihrer Sehnsucht.

Riet ihr, sich zu eilen,
sollte nicht länger mit „Irgendwann werde ich" verweilen.

Warum immer aufgehoben
und nicht vorwärts ins Jetzt gestoben?

Ihr da draußen – seht ihr es denn nicht?
Heute bekommt sein eigenes Gewicht.

Morgen liegt in weiter Ferne, doch
das Heute umklammert liebevoll Euch noch.
Solltet es nutzen sogleich
und nicht immerzu denken
an morgiges Reich.

Die Lichtgestalt

Kerker in der Seele,
Alleinsein sich verhehle,
Mauern, Dunkelheit,
Zeit misst in Ewigkeit.

Drei Kinder steigen viele Stufen herauf,
das Mädchen unter ihnen verstärkt den Lauf.
Hastet die dritte Treppe empor,
glückliches Lachen bringt sich hervor.
Die Kleine erreicht das Fenster im Licht,
sieht den eigenen Rücken, erschrickt nicht.
Ist neugierig, was zu sehen,
will fliegen, nicht mehr gehen,
beugt sich in die Helligkeit hinein,
vermischt sich mit fremdem Sein.

Die Nacht hat ihr Rätsel gebracht,
ein jeder, wie er sich das gedacht.

Die Träumende

Verfolgt, doch von wem? Bedrohung – unangenehm.
Braune Stute stand gesattelt bereit –
Mann suchte mit ihr die Flucht – ganz weit.
Der Ritt ging am Waldsaum vorbei –
plötzlich war auch ich – zu Fuß – dabei.
Mein Weg führte über einen ruhigen Bach hinweg,
Füße wurden nass – zu welchem Zweck?
Eigentlich war doch der Bach schmal
und Sprung von mir schafft das doch allemal!
Verstand den Sinn der Nässe nicht –
schaute auf die Gegend mit Blick ins Licht,
suchte einen Hafen, einen Ankerplatz sogleich,
doch meinem Auge erschloss sich nur steiles Reich.
Ein Hügel, urwüchsig Anhöhe, Steilküste – mitten im Wald,
DAS sollte ich erklettern – und dann auch noch bald?

Ich hatte nicht einmal Lust, die Schräge zu nehmen,
wollte mich ins Erdreich legen, an Mutterboden anlehnen.
Allein, etwas drängte, meldete sich und
so machte ans Erklimmen ich mich.
Berg wurde stetig senkrechter, Hände krallten, Nägel gruben,
hinter mir erschienen viele Verfolger, richtig böse Buben.
Überhang bildete sich, verzweifeltes Ich,
mit letzter Kraft schloss um
einen dünnen Stamm meine Hand
und mein Körper erreichte doch
tatsächlich noch das hohe Land.
Viele Menschen, ich kannte sie nicht, sprachen ein auf mich,
erbaten Hilfe, doch wofür? Stimmen: „Eile bitte Dich!"
Ich schwang mich sogleich auf die braune Stute,
woher war sie ohne ihren Reiter gekommen, die Gute?
Forderte das Ross zum Laufen heraus,
stob in vollem Galopp auf den Abgrund hinaus.
Hufe griffen in den festen Boden ohne Zögern ein,
der Steilhang wurde bewältigt, leicht konnte das sein.

Ebene Fläche, Grassoden flogen unter den Pferdefüßen,
die Muskeln, das Fell, das Schnauben, Leben begrüßen!
Durch den Bach hindurch ging die Jagd, die wilde,
dieser war jetzt reißender Fluss geworden, wer ist im Bilde?
Ob die Hilfe konnte herbeigeholt werden?
Liegt im Verborgenen, in Erden.
Fühlte dann Schwärze zur Gänze, war wieder an einer Grenze.
Eine Schmiede war geworden jetzt mein Heim,
sollte hier nun die Schmiedin wohl sein.
Nicht für Hufeisen, wie es den Anschein hatte,
machte Schlüssel, legte diese auf braune Matte.
Drei Jungen traten in das Gebäude hinein,
redeten heftig auf mich ein.
Wollten erzwingen eine Antwort und
Angst schwemmte mich fort.
Was hatte das zu bedeuten in dieser Nacht?
Unterbewusstes hat viele Gedanken gebracht.

Die Erste

Schlacht erfolgreich geschlagen,
willst Du noch den Sieger erfragen?

Fließend strömt Gewinnerlust,
vertreibt der Langeweile Frust.

Adam den Apfel nicht gegeben –
Eva nimmt für sich die Kraft zum Leben
aus dem Obst heraus, so ist das eben,
bringt das den Kreislauf zum Erbeben?

Es birgt in jedem Falle Schalk in sich,
denn ich sorge gut für mein ICH
und das wiederum ist gut für Dich.

Bin ich auf der Höhe meines Sein,
trägt sich das positiv in Dein Buch ein.

Die Autorinnen

Ria Klempau wurde 1963 in Schleswig-Holstein geboren und kam durch einen Freund ihrer Großeltern schon früh in Kontakt mit alternativen Heilmethoden. Nach einer lebensrettenden Begegnung mit einem Geistheiler begann die Autorin 2007 selbst mit der Ausbildung zur Spirituellen Heilerin und bildet sich seitdem regelmäßig im Bereich des Energetischen Heilens weiter. Sie ist als Rechtsanwalts- und Notarfachangestellte in Bordesholm tätig.

Martina Fischer wuchs in einem verträumten Ort in der Nähe von Bremen auf, wo sie auch heute wieder zusammen mit ihrem Sohn zu Hause ist. Während eines vierjährigen Aufenthaltes an der Ostseeküste lernte sie Ria Klempau kennen und entdeckte ihre Leidenschaft für die Fotografie. Heute arbeitet sie unter dem Label „Wedding Day" als Hochzeitsfotografin (www.die-hochzeitsfotografin.com) und ist Mitglied einer der größten Fotografen-Berufsinitiativen Europas.

novum VERLAG FÜR NEUAUTOREN

Der Verlag

> *Wer aufhört*
> *besser zu werden,*
> *hat aufgehört*
> *gut zu sein!*

Basierend auf diesem Motto ist es dem novum Verlag ein Anliegen neue Manuskripte aufzuspüren, zu veröffentlichen und deren Autoren langfristig zu fördern. Mittlerweile gilt der 1997 gegründete und mehrfach prämierte Verlag als Spezialist für Neuautoren in Deutschland, Österreich und der Schweiz.

Für jedes neue Manuskript wird innerhalb weniger Wochen eine kostenfreie, unverbindliche Lektorats-Prüfung erstellt.

Weitere Informationen zum Verlag und seinen Büchern finden Sie im Internet unter:

www.novumverlag.com